俺たちは風になる！

走 一二三
Hifumi So

文芸社

目次

俺たちは風になる！

4㎞チーム・パーシュート予選1

インターハイで使われる沖縄の自転車競技場はコンクリートにアスファルトを敷き詰めた333mのバンク。各地にある競輪場とは違い、アマチュアの自転車競技だけに使われる。観客席には日差しを避ける屋根もない簡素なバンク。陸上競技場トラックと違い、コーナーにカント〈高いスピードで減速せずに自転車が曲がれる傾斜〉がつけてある。

インターハイ開催地である8月の沖縄は刺すような日差しが降り注ぐ。その炎天下でインターハイ出場を決めた高校生サイクリストが競技スタートの時を待つ。それは競技2日目の最初の競技。夏の沖縄は午前中でも強烈な日光とアスファルトの照り返しで熱中症の危険がある。競技種目は4㎞団体追い抜き競走〈チーム・パーシュート〉予選。4㎞団体追い抜きは4㎞チーム・パーシュート〈JCF〈日本自転車競技連盟〉〉とも呼ばれる。自転車競技の多くは個人種目ではあるが、チーム・パーシュートはチームプレイ。チームで隊列を組み、空気抵抗による体力消耗を先頭交代することにより軽減しながら4人が力を合わせて走る。チームの隊列が上手く機能すれば個人ではとても出せないタイムが出せる。しかし前の選手についていけなかったりして車間が開いたりすると空気抵抗が増し、離された選手は急速に失速してしまう。3番目にゴールした選手のタイムを計測するため、4人で走るチーム・パーシュートの1人は途中でリタイアしても問題はない。しかし3人目が遅れると、遅れた選手がチームのタイムになってしまう。

応援に来た保護者も日焼け対策に四苦八苦している。もちろん熱中症対策も万全にしておかなければならない。それは応援側が倒れたりして、競技役員や、その関係者に迷惑をかけてはならないし、選手である子供が競技に集中できなくなるからだ。

「俺たち、決勝残れる可能性あるのかな」
「ベストを尽くすだけさ」
「何言っているんだ！　必ず1番時計（1位のタイム）だ！」
「岐北工業高校伝統（チーム・パーシュート優勝）は必ず守る！」

この種目を走る岐北工業高校の中西《なかにし》、橋本《はしもと》、矢田《やた》、市橋《いちはし》の4人は、花形種目のチーム・パーシュート出場を決めたメンバーだ。インターハイ出場に至るまで、レギュラーを勝ち取ったメンバーの思いは様々だった。

2年生の中西は少し弱気だった。それは自分が急遽補欠から選ばれたメンバーということ。持久力があり、中学時代に自転車競技経験があり、インターハイではポイントレース出場を決めている実力者ではあるが、チーム・パーシュート出場は補欠から正規メンバーとの交代だからだ。それは輝かしい成績を残しているキャプテン藤田《ふじた》が初日のスクラッチ予選でクラッシュして骨折し、チーム・パーシュート出場ができなくなったからだった。個人種目のスクラッチでも優勝候補で、藤田がいれば10年ぶりのインターハイ総合優勝も夢ではなかった。藤田の代走、それは中西にとってプレッシャーとなって重く圧し掛かっていた。

橋本は2年生でありながら実力でレギュラーを勝ち取っていた。自転車競技は高校から始める選手が多い。年齢的に未発達な身体ということもあり、学年が増すほど競技成績も上がる傾向にある。橋本は、そんな状況の中で3年生主体のチーム・パーシュートレギュラーメンバーに選ばれている。実力がありインターハイチーム・パーシュート出場にプレッシャーはなかった。それは2年生でありながら記録会で驚異的タイムをマークして正規メンバーを勝ち取っていたからだ。そして父親の影響で中学生から自転車競技（一般の人が参加できる種目のロードレース）をやっていたことも自信に繋がっていた。しかし、ロードレースが好きで入った自転車部はトラック競技（変速機なしの固定ギア自転車を使用するトラック競技場で行うレース）主体だった。夢であったインターハイの晴れ舞台でロードレース出場資格も獲得したが、監督からチーム・パーシュートのために初日のロードを途中棄権させられてしまう。それは今年のインターハイ自転車競技の日程が、チーム・パーシュート予選前日に１００㎞以上走るロードレースになっていたからだ。チーム・パーシュート予選に支障があるため仕方がない。「メンバーに選ばれていなかったらロードで勝負できたのに」という不満があった。

３年生の矢田は昨年もチーム・パーシュートに出場していて、この競技のスペシャリスト。個人種目である個人パーシュートも優勝候補で、岐北工業高校の総合優勝へ向けてのポイントゲッターだ。昨年はこの種目の決勝戦でチーム内での接触による落車で準優勝に終わった。今年は優勝を狙えるチームのはずだったが、落車（自転車競技で転倒すること）の怪我でキャプテン藤田が不在になり危機感を募らせている。今年はそんな状況でも「チーム・パーシュートで勝たねば」というプレッシャーが圧し掛かる。3年生であり、後輩と走るチーム・パーシュートをコントロールしなければならない責任もある。

3年生の市橋は不安があった。4人のメンバーの中で唯一短距離を得意とする脚で、中距離競技になるチーム・パーシュートでの後半は皆に千切られてしまう可能性がある。しかし今年は最上級生として、弱気な所を見せる訳にはいかない。

岐北工業高校はインターハイ出場予選の東海大会の記録は出場する全国高校の中で2位の記録。チーム・パーシュートの予選組み合わせは、各地区で開催された予選大会の持ちタイムの遅い高校から順番に予選が始まる。チーム・パーシュート予選はホームスタート（メインスタンド側のスタートライン）とバックスタート（反対側のスタートライン）の2チームが同時スタートする。岐北工業高校の出走は最後の組。対戦相手は予選大会トップタイムの石山高校だ。だが、東海大会の記録は自転車部キャプテン藤田がいたから達成できた記録。今は中西が代走者。卓越したテクニックが必要なチーム・パーシュート。豊富な練習量があり、隊列が等間隔で車間が狭く、綺麗に一列に整列が決まり、先頭交代もスムーズで空気抵抗の軽減や速いペース維持ができるチームが強い。しかし、岐北工業高校チーム・パーシュートは中西をチーム・パーシュートメンバーに加えての練習がほとんどできていない。

ペース配分や隊列が乱れて、なかなかタイムが出ないことが予測された。最悪のパターンは昨年のようなチーム内で接触での落車だ。

応援でさえ熱中症で倒れてもおかしくない8月の沖縄。上から灼熱の日光、下はアスファルトからの反射熱でサンドされる選手。スタート前から、ワンピースのバイクウェアからは汗が滴り落ちていた。

いよいよカウントダウンの電子音がなり始める。ざわめいていた観客席が静まり返る。五秒前の連続音が鳴り響く、

「ピッピッピッピッピッピー」

チーム・パーシュートメンバーの肉体は静から動へ切り替わる。このインターハイという高校最高峰のステージで走る、青春をかけた自転車競技の集大成が今ここにある。

「いくぞー」

市橋は雄叫びを上げる。

「オー！」

4人はその声に答える。しかし4㎞という中距離での戦い。「走ってやるぞ！」という気持ちを一気に爆発させて加速しては、後半失速してしまう。加速しながら

４人が一直線に前者との距離を極力つめて走らなければならない。それは空気抵抗の軽減のためだ。

競技に使う自転車は科学の粋を集めたスーパーウェポン。軽量化と空気抵抗軽減を考えて作られているカーボンファイバーのフレーム。ホイールもディスク（スポーク部分を膜で覆ったような状態のホイール）やディープリム（タイヤを固定する金属部分が横から見て厚く、断面が空気抵抗軽減のため泪型になっている）で武装している。もちろん素材は最軽量高剛性のカーボンファイバーだ。個人パーシュート、タイムトライアル、そしてチーム・パーシュートを走る選手は、一定のスピードで走る時間が長いため空気抵抗軽減のためにＤＨハンドル（アイアンマンクラスのトライアスロン競技にも使用されている、ハンドルの上に肘パットがあり、二本の握れる棒が前に出たハンドル）を使う。チーム・パーシュートで勝つには乗り込んでＤＨハンドルに慣れることも重要だ。

競輪で使われるピストレーサー（フレーム素材が鉄で、決められた規格のスポークホイールの自転車）とは比較にならないくらい速く走れる。

身につけているピタピタのワンピースウェアとエアロヘルメットも空気抵抗軽減には大きな武器。競輪選手はプロテクターを身につけているが、インターハイ、トラック出場選手はコンマ数ミリのワンピースのみ。このスタイルでバンクを最高時速50㎞以上で走る。自転車競技はインターハイ全種目の中でもっとも危険な競技と言ってもおかしくない。

4人は予選1番時計のタイムを狙い、逸る気持ちを抑えて徐々に加速していく。1周交代で先頭がカントを利用して華麗に最後尾に回り込む。見ていても芸術的で迫力があり、自転車競技の花形種目と言われるのがわかる。もちろん選ばれた4人はその高校での中距離トラックトップ選手だ。このレベルになるまでに積み重ねた練習の辛い思い出が、それぞれの選手の脳裏に焼きついている。その思いをインターハイで力に変えてバンクを駆け抜ける。

「藤田がいない。今年のチーム・パーシュートもだめかもしれない」

監督の児玉《こだま》は弱気になっていた。昨年は1番時計で決勝に進みながら選手同士の接触落車という失態があり、準優勝。優勝に手が届きそうだったが自爆だった。そして、今年はチーム・パーシュート優勝へのキーマン藤田の不在。

「中西はまだ今のチーム・パーシュートメンバーに慣れていない。落車しないように祈るしかない」

「監督、中西はロードも速いしテクニシャンだから大丈夫ですよ」

コーチの稲垣《いながき》は元ロード選手。中西を評価していた。監督もコーチも所詮はサポート。戦うのは選手である子供たちだ。見守るしかない。

岐北工業高校にとってチーム・パーシュートは過去に何度も優勝しているお家芸。児玉は監督として、この種目だけは優勝したい思いがあった。速いチームはテクニックがあり、車間が狭い。そしてチーム内の選手を有効活用している。短距離選手をチームの加速に利用して途中で離脱させ、中距離の3人で失速しないように走りきるとか、強い中距離選手に先頭を多くの周回を走ってもらうとか、色々な作戦がある。作戦が嵌れば大幅なタイム短縮になるが、失敗すれば大幅なタイムロスになる。

今年の岐北工業高校インターハイはチーム・パーシュートは、チームの要である藤田が欠場で、代走者中西の活用方法がわからないままのスタート。インターハイでチーム・パーシュートを何度も優勝させている監督である児玉。しかし突然の選手交代で、予選は作戦がわからない状態でのスタートだった。

それぞれの選手の思い

中西は理解できなかった。

「なんでチーム・パーシュート補欠の俺が、ロードを諦めなければならないんだ！」

沖縄インターハイのロードレースは初日。翌日からトラックレースでチーム・パーシュート予選が始まる。陸上競技でたとえるなら、マラソンを走った翌日に1500mの中距離を走るようなこと。タイムが出る訳がない。日本一の高校生を決める大会では無謀な行為だ。

小学校よりロードレースに出場して、表彰台に立つことも多々ある中西にとって、高校生の晴れ舞台であるインターハイロードを途中で棄権することは屈辱。今まで頑張ってきたことが無になる。

岐北工業高校はトラックにウエイトをおいていて、ロードの練習は他校と比べると少ない。しかもインターハイでは中西が小中学校の時に出場したロードレースで全く歯が立たなかった選手も出場していて、表彰台に立てる可能性は低いことは理解していた。チーム・パーシュートなら高校生の頂点に立てる可能性は高いが、メンバーの補欠なのにロードを途中棄権させられるのは納得できない。しかし、監督の命令には逆らえない。来年インターハイロードに出場できるかわからないが、トラックのポイントレース出場を決めたこともあり、しぶしぶロードは途中棄権した。

しかし中西がトラックレース初日に目にしたものはキャプテンの壮絶な落車。かわいがって貰っていた先輩の骨折によるリタイアに愕然とした。チーム・パーシュートメンバー抜擢と言う名誉が転がり込んできたが、キャプテンの代走という責任と、チーム・パーシュート優勝という岐北工業高校のお家芸を守らなければならないというプレッシャーが自分に重く圧し掛かってきた。

橋本も理解できなかった。中西と共に東海大会を勝ち進み、ロードのインターハイ出場を勝ち取った。お互いロードレースが好きで、2年生になり憧れの舞台に立てるが、ロード初日開催で途中棄権を言い渡される。

橋本はインターハイ前のトラック記録会での3㎞個人パーシュートでジュニアの日本記録に迫るタイムを叩き出し、チーム・パーシュートでは必要不可欠な存在になる。チーム・パーシュートのことを考えれば前日のロードで足を使うわけにはいかない。

「橋本、インターハイはチーム・パーシュートメンバーだ！」

監督から、正規メンバーに3年生を差し置いて選ばれたことは夢のようだった。しかしそこには少なからず先輩の嫉妬があった。もし橋本がいなかったらチーム・パーシュートメンバーだった井川《いがわ》。橋本の「チーム・パーシュートなんかよりロードで勝負したい」の言葉を聞いたとき、チーム・パーシュートを軽く見る後輩に対する怒りの気持ちが爆発した。

「お前は、チーム・パーシュートに選ばれたんだぞ。皆、走りたいんだチーム・パーシュートを！」

井川は三年間頑張ったが、インターハイのチーム・パーシュートに出場することができず、それを阻んだ後輩がメンバーに選ばれたのは不服だった。そのことの怒りと実力で負けた悔しさが重なる。

「悔しいけど、今の岐北工業高校のチーム・パーシュートには、お前が必要なんだ！　自転車部みんなの思いを背負って、岐北工業高校を優勝に導いて欲しい」

井川は涙ながらにチーム・パーシュートに選ばれた栄誉の意味を橋本に伝える。

橋本は、ただ肉体に恵まれて才能があったから速くなった訳ではなかった。父の献身的な肉体改造アドバイスが的中したこと、人一倍努力したことがあった。

「人より負荷をかけないとそれ以上にならないからこれを使え！」

と父から渡された重たいホイール。

「練習後30分以内に摂る栄養は身になる。練習が終わった帰り道に必ず牛乳1リットル飲んで帰って来い！」

父の言うとおり帰り道に牛乳を買い、無理して胃袋に流し込んだ。トライアスリートだった父のアドバイスは現実味があり、強くなりたい一心でアドバイスを聞いた。

「2年生でも本当にインターハイ出場できるんだな」

父は驚いた。高校時代に水泳をやっていた父。地区大会で決勝に残れる程度のレベルだった。スポーツをやっている高校生のあこがれる夢舞台がインターハイ。並大抵の努力ではインターハイ出場は不可能。父は「出場は無理」と諦めて努力もしなかった。しかし、息子英也《えいや》の自転車競技にかける思いは尋常ではなかった。学力があるのに大学進学のための普通高校を選ばずに、自転車部のある工業高校入学を希望。将来のこともあり、子供の思いを尊重する父は母と進路のことで衝突することもあった。なんとなく楽しいことをやり、青春を終わらせた父。青春にかけるものを見つけた息子が眩しかった。この輝きが増幅するなら何でも協力する気持ちになった。そしてその思いが伝わったのか、息子は自分の肉体改造アドバイスを聞き入れてくれた。息子が迷いもなく、ひたすら努力してインターハイという夢舞台の出場を勝ち取ったことに感動していた。

「監督の意見は妥当だ。ロードを完走したらチーム・パーシュートで本来の走りができない」

ロードの件でインターハイに応援に来ていた父に相談するとこの返答だった。

矢田は昨年のリベンジに燃えていた。それは昨年のインターハイで自分が起こした落車で準優勝になったからだった。

「藤田、今年は2年生に強い橋本がいる。優勝できるぞ！」

「そうだ！　優勝だ！」

沖縄に乗り込んだとき、矢田と藤田は気合いが入っていた。数え切れないほど4人で周回した岐阜競輪場。先頭交代はピタリと決まって、岐北工業高校のチーム・パーシュートは、インターハイ出場高校で一番華麗とも言われていた。狭い車間でピタリと決める。昨年は不運にも、車間を詰め過ぎ、接触して落車になってしまった。苦い経験を経て安定感を増した走りを会得した。この4人なら100パーセントミスなく大会記録で優勝が期待できると思った。しかし、3年生で高校最後になるインターハイチーム・パーシュートでキャプテンの藤田はいない。代わりに補欠の2年生の中西だ。チーム揃って走り込んでいない4人では不安が付き纏い、「落車」が頭を過ぎる。

「高校生最後の夏だ！　やるしかない」

矢田は最善最高のパフォーマンスでチーム・パーシュートを走りきることに集中していた。

市橋は不安だった。スプリント系の脚質である彼は、他の中距離選手の3人みたいに4㎞を速いスピードで走りきるスタミナがない。チーム・パーシュートの計測は3人目が通過した時のタイム測定というルールを生かして、途中までチームの隊列を加速させて離脱していく役割でないと、隊列を失速させてしまわないか心配だった。戦法は監督が決めるので意見は言えない。

「市橋、予選は最後まで走れ！」

「えっ私が、……ですか？」

児玉監督は展開の読めないチーム・パーシュートの予選を突破する、最善の作戦を考えていた。市橋は自分のスタミナ不足を考えると弱々しい返答しかできなかった。戦法にも納得がいかない。

「藤田がいれば俺が途中で離脱する予定だったのに……」

「市橋、メンバーが代わったんだ！　やるしかない！」

矢田に意見を求めるが、矢田も異論を唱える余裕がなかった。チーム・パーシュートは1人の失速の影響でチーム全体が失速してしまう。短距離選手の市橋にはプレッシャーが重く圧し掛かる。矢田は中距離の自分が途中離脱する作戦に理解できなかったが、監督命令は絶対だ。従うしかない。児玉監督もどうなるかがわからない。藤田に代えて走るチーム・パーシュートの、中西に関する実戦でのデータがないからだ。伸び盛りの中距離の脚を持つ2年生ではあるが、プレッシャーもある。先頭交代での接触による落車は避けたい。なんせ高校生日本一を決める大会であるインターハイ。何が起こるかわからない。技術も必要なこの競技で、昨年のような接触による落車も考えられたからだ。

落車は致命傷だ。即リタイアになる。昨年の落車の原因は矢田にあった。プレッシャーに弱く、前回の落車がトラウマになっていて、予選を最後まで走るのに不安がある。市橋は同じ日の１㎞タイムトライアル決勝の後の試合。脚質を考えると大分スタミナが削られた状態である。

「１㎞タイムトライアル決勝の３時間後だぞ。チーム・パーシュートでは身体回復できてねーよ」

「市橋さんなら大丈夫ですよ」

弱気な市橋を励ます橋本。藤田に代わり2年でありながら、チーム・パーシュート勝利へのキーマンになった。更に市橋にとっての問題は、こいつの底知れない持久力。後半衰えるどころか加速していく橋本に自分が付いていけるかどうかだ。

「橋本！　お前には絶対付いていく。千切れないから全力で走りきれ！」

「了解です！」

市橋は言動で弱気を吹き飛ばし、でかくて頼もしい後輩から力をもらう。でかい奴が前を走ると、風除けになり空気抵抗も減らせるメリットがある。チーム・パーシュートでは後ろに付くと空気抵抗は半分ぐらいになるため、前の選手がでかいと後ろに付く選手は楽になる。

市橋にとって最終学年で迎えたインターハイ。悔いを残さず全力で走りきることだけを考えていた。

４㎞チーム・パーシュート予選２

４人でスタートからの1周目は、一列になったカルテットの先頭が橋本。選ばれた理由は一番加速が遅いこと。後ろの連結車両３人の足は無理に加速しなくてもいい。スタートからの急激な加速による脚の消耗が減り後半に足が残せる。橋本にとっても加速が遅い自分がスタートから引くので、無理に速い加速の選手について足を消耗させることがない。

「セイセイセイセイ、ソーレ行け！」

「矢田先輩！」

「市橋先輩！」

「橋本！」

「中西！」

４人の加速を後押しするように、チーム・パーシュートに加わっていない岐北工業高校の部員は独特な掛け声で声援を送る。

中西を加えた新メンバーではあるが、岐北工業高校チーム・パーシュートの隊列は他校と比べても車間が狭く、先頭交代が美しい。先頭交代はバンクのコーナーを、先頭が車列を離れて右側へ大きく膨らんでバンクを駆け上がり、スパッと最後尾に入る。見ていても芸術的で美しい。トラック種目の花形と言われる理由もわかる。

橋本、中西、矢田、市橋という順番。ＤＨハンドルを使った空気抵抗軽減のバイクはドロップハンドルより不安定で、かつテクニックがいる。時には１日で１００周ほど走り込む岐阜競輪場での練習の成果もあり、選手はＤＨハンドルを難なく使いこなしている。

橋本が１周回を先頭で走りきり、高低差が５ｍ近くあるバンクを８割ほど駆け上がる。

「バシュッ」

時速50㎞以上出ているチーム・パーシュートでの急な進路変更。風きり音もすさまじい。

「中西、頼んだぞ！」

バンクの上から橋本が叫ぶ。

「オッケー、いくぞ！」

中西が吠える。橋本はバンクを下り、ピタッと最後尾にへばり付く。タイミングは絶妙だ。

「ほー」

「すげー迫力！」

バンクの上から見る観客。バンクは高低差もありリアルな3D映像を味わう感動に浸る。自転車競技のスピードと俊敏な動きにモータースポーツを見ているような錯覚に陥る。とても生身の人間とは思えない動きだ。

2番手の中西が先頭になり、後続の3人を引く。中西はチーム・パーシュートAチームより下のランクであるチーム・パーシュートBチームで走り込んだこともあり、新メンバーではあるが不安なく周回をこなしていく。4人の中では一番小柄で軽量。ロードレースのヒルクライマーの体型だ。中学の時からロードレースをやっていたこともあり、テクニックがある。早くも新しいチーム・パーシュートAチームに順応していた。インターハイ出場のチーム・パーシュートAチームメンバーに選ばれずにBチームで練習していたときは、全力で走るとすぐに後続を千切ってしまう実力者でもあった。今回は後続が千切れる心配が要らないAチーム。しかも4

人は車間が十数センチでピタッと走れる実力者揃い。このメンバーでは中西が一番チーム・パーシュートのテクニックが劣ると思われた。周りに迷惑をかけるわけにはいかない。中西は2周目をそつなくこなす。

「ズバッ」

「ビシュ」

鋭く空気を切り開き先頭から離脱。

「矢田さんよろしく」

スパッとカントを利用し、先頭交代して後ろに回り込んで先頭交代が綺麗にきまる。

3番手の矢田は橋本に3㎞個人パーシュートの記録会で抜かれるまでは、岐北工業高校の中距離最速選手。昨年この種目でインターハイ優勝。今年も個人パーシュートの出場を決めている。チーム・パーシュートでは必要不可欠な存在だ。

「藤田の分まで頑張るぞ」と、昨年インターハイのチーム・パーシュートで一緒に走った藤田のことを思い走る。矢田は重いギアをぐいぐい踏んでいくタイプだ。無難に3周目を走りぬけ、市橋と先頭交代する。

「バシュ」

「シュバッ」

「市橋、頼んだぞ」

４番手の市橋は慎重にペダルを踏み込む。「失速しないように走る！」この予選、市橋の仕事は４㎞最後まで走り抜けること。短距離選手なので、自分が他の３人より後半から失速することはわかっている。まだ4周目ということもあり、無理をせずスピードを落とさないという相反する条件で走らなければならない。先頭の空気抵抗は後続の倍はある。先頭交代した途端、足に「ドカッ」と負担がかかる。ＤＨハンドルのおかげで多少は空気抵抗の負担を軽減しているが、先頭を引くということは肉体の負担は大きい。

それぞれ４人の選手が1周ずつ先頭を引き終える。インターハイは３３３ｍバンクで行われるので、４㎞は12周走行することになる。チーム・パーシュートはここからが勝負だ。観客席側にあるホームライン内側に審判が観客席内側で残りの周回を掲示板で表示している。

「あと8周、これからだ！」

「11秒４！」

「行け、行け！」

監督、コーチ、部員から声援や指示が飛ぶ。タイムコールは333mバンクでの半周を計測してコールする。選手、監督、コーチはゴール予測タイムからペースが速いか遅いかをこのコールで判断する。

「ここからだぞ！」

「おう！」

チーム・パーシュートメンバーは声を掛け合い、団結を強めていく。

「11秒0！　スピードを上げろ！」

6週目を走り、中西が先頭を矢田と交代したときだった。監督より、ペースアップの指示が出る。ここから、岐北工業高校の強さが発揮される。しかし藤田と中西が交代したこともあり、監督は1人が替わることで、どんな状況になるかまだ読めない。「いつものAチームなら市橋が離脱して、後は藤田、矢田、橋本の最強中距離メンバーで行くのだが……」藤田不在で不安ではあるが、このメンバーに託するしかない。

予選対戦相手の石山高校は、ほぼ同タイムで周回数を重ねる。トラックの反対側を見れば対戦相手の位置が確認できる。

「行くぞ！」

矢田はペースアップしてオールアウト（体内エネルギーを出し切った状態）で加速して２周を引く。そして１台分対戦相手よりリードして離脱し、３人に後を託す。チーム・パーシュートは３人目のゴールがタイム計測になっているため、４人でゴールする必要はない。ゴールまで連結車両の最後尾で走るなら、このような戦法の方が好タイムに結びつく場合がある。

「ハアハア、やばいよー」

市橋は矢田について行くことで精一杯だった。しかしここからは先頭を引かなければならない。

「市橋ー、踏めー」

「気合いだー」

市橋が先頭を引き失速する３連結車両。応援団は失速しないように声援を送る。

「ここまでの予選で大会新記録に近いタイムを出しているチームがいる。この対戦相手に負ければ決勝はないぞ！」

監督は諦めていなかった。藤田を失っていても、せめてこのチームで決勝まで残って欲しい思いがある。岐北工業高校は、この予選で勝っても２番時計と思われる。負けて３番時計になれば３、４位決定戦に回されてしまう。優勝に絡むには、悪くても予選タイムの2番時計で決勝に駒を進めるのが絶対条件だ。監督、コーチ、応援団は選手に精一杯の声援を送る。

市橋は何とか先頭でチームを1周引っ張り橋本と先頭交代をする。対戦相手は1車身（自転車1台分の長さのこと）リードしていた。先頭に立ちそろそろエンジン出力が最大になる橋本が強烈に先頭を引きだす。

「マジか、このスピード！」

市橋は後ろについて少なくなった空気抵抗の恩恵で少し楽できると思っていた。しかし後ろについていても橋本の加速は先頭で走る疲労と変わりなかった。そして連結から千切れだす。

「橋本、落とせ！」

連結から離れれば強烈な空気抵抗を浴びることになり、市橋は更に失速してしまう。チーム・パーシュートは3人目のゴールが計測タイム。失速した市橋がチームのタイムになる。対策としては先頭のスピードを落として3連結にもどすこと。後ろの市橋を確認しながら中西は橋本に指示を出す。橋本は素早く減速してチームの走行分解を回避。

「ごめんな！」

市橋は罪悪感で一杯だった。

「頑張りましょう、先輩！」

中西は精一杯市橋を励ます。連結がもどったことで大きな失速を免れる。

「おっと石山高校。チームが走行分解だ！」

アナウンサーが相手チームの状況をアナウンス。相手チームも同じ状況で、先頭が気づかなかったため走行分解してしまう。３連結の最後尾の１人が千切れて大きく遅れてしまう。しかし岐北工業高校は辛うじて３連結を保ち、大きな失速を免れる。

「先輩、後２周です」

橋本は２周目も引き、中西が市橋を励ます。橋本が先頭交代で最後尾に入り、ラストの１周は中西が先頭を引く。

「先輩、ラストです！」

最後尾の橋本が市橋を励ます。

「中西、橋本、最後は全力で行け！　俺も全力で行く！」

決勝進出に向けて最後の１周は３人が全力で走る。横一線でゴールするのが理想。しかし市橋が２人から少し千切られてゴール。対戦相手の石山高校から辛うじて勝利する。応援団の父母から歓声が沸く。

「やりましたね！」

「後は2番時計以内なら決勝にいけますね」

父母もタイムが気になっていた。

「岐北工業高校のタイム、4分34秒590」

アナウンスで予選2番時計を確保したことがわかる。

「決勝だ！」

「監督やりましたね」

児玉監督と稲垣コーチは岐北工業高校のお家芸であるチーム・パーシュートの成績に安堵する。しかし、1番時計の海山工業高校のタイムを見て溜息が出る。

「海山工業は4分30秒か。4秒差はチョット……」

コーチは1000分の1秒を争う自転車競技の世界で4秒の重さを理解していた。はっきり言って勝てないという意味。

「戦術を大きく変える。中西はやれる」

監督は勝負を捨てていない。優勝へ向けての青写真を脳裏に描いていた。「あいつらはやってくれる」と予選の4人の走りを見て思った。監督は頭の中で、チーム・パーシュートが最高のパフォーマンスで走れるシミュレーションができ上がっていた。

勝負師として戦う高校生

岐阜も暑いが、沖縄の夏はもっと暑い。高校生たちの晴れ舞台である今年のインターハイは南国の沖縄。自転車競技岐阜県代表の面々は那覇空港に到着してロビーで雑談していた。

「あっつ〜、やっぱ南国だぁ」

「こうでなきゃー南国は！」

「岐阜も暑いけど、沖縄すげ〜アツアツだぁ」

それぞれ生徒が高校生らしい言葉のアイテムを使い、沖縄の暑さを表現していた。

「お前ら、暑いからって体調崩すなよ」

キャプテンの藤田は観光気分の部員に喝を入れる。親が競輪選手で高校卒業後は競輪の道へ志している。部の方針で自転車競技部は皆クリクリ坊主頭。古臭いデザインの真っ赤なジャージ。しかしインターハイ常連でチーム・パーシュートが際立って強い岐北工業高校。その名は全国に知れ渡っていて、ダサイ真っ赤なジャージを見るとインターハイ会場では「岐北だ！」と注目される。

「やっぱ岐北だ！」

「ダセーなぁ、赤ジャージのクリクリ坊主集団だ」

「今年はチーム・パーシュートもっていかれるのか？」

「強いよなぁ」

那覇空港のロビーでは、自転車競技インターハイ出場高校は岐北工業高校の仕上がりに注目していた。

「あいつら東京代表の選手？　俺らなら先生に殺される茶髪にロンゲだぞ！」

「オイ、あの女子マネージャー？　かわいくない？」

「ほぼ男子校の俺たちには縁がねェーよな」

「自転車競技インターハイは女子種目ないしね（注・現在はある）」

岐北工業高校は、男子校に近いぐらい女子がいない。話す内容はやはり高校生。しかし、そんな彼らは大会では別人になる。インターハイ種目の中でも、もっとも危険な自転車競技に青春を懸けているからだ。

高校生の自転車競技用の自転車はプロ競輪選手が使用するものよりスピードが出

る。それは競輪ではクロモリと呼ばれる鉄フレームでスポーク車輪のトラック競技自転車を使用するためだ。一方、高校のトラック競技で使用する自転車は空気抵抗を減らしたカーボンフレームと車輪。車輪もカーボン素材で軽量化されたディスクやディープリム。車体の重量も大幅に軽量化されている。しかも競技用の衣類は、プロ競輪のようにプロテクターの装着はない。空気抵抗を減らすためのペラペラの薄い自転車競技用のワンピース。落車の怪我はプロより深刻になる。

他の競技ではインターハイ競技中の事故で救急車を呼ぶことはまれであるが、その中で常にその競技場で救急車が待機する危険な競技がある。それは自転車競技だ。沖縄インターハイでは大会初日で落車があり、早くも救急車が選手を搬送していた。時速50㎞以上で落車すると、時には命にかかわる怪我にも結びつき、一刻も早く病院に搬送する必要があるからだ。チーム・パーシュート予選前のスクラッチ競技予選で、キャプテンの藤田が初日に3回目の救急車搬送の世話になってしまう。格闘技も危険と思われるが、自転車競技は桁違いだ。

「そこだー、行け、行けー」

歓声の中、藤田のスクラッチの予選が始まる。インターハイという晴れ舞台に出場できた各高校の選手。その親も晴れ舞台で頑張る我が子の応援をしようと多数観戦している。そのときに起きてはならない悲劇が起こる。突然進路を変えた前の選手が藤田の自転車に接触。

「グワァッシャーン！」

「カラカラドーン」

トラックのコンクリートに叩きつけられる藤田。

「ピィッピー」

役員が駆け寄り、笛を鳴らして後続選手の巻き込みを回避させる。

「藤田！」

監督、コーチが駆け寄り声をかける。

「すいません」

キャプテンとしての責任感が言葉として出る。恐れていたことが起きてしまった。岐北工業高校キャプテンも落車の餌食になる。

救急車で運ばれて行く先輩の姿を見ても選手たちにはこれから始まる自分のレースに恐怖はなかった。黙々と次のレースに向けてアップを始める者や音楽を聴いて集中力を高めている者。自分のレースに向けての勝負師になっていた。幾度となくこのシーンは見ている。皆いつ自分がそうなってもおかしくないと思っていた。監督やコーチのエースを失った落胆とは違い、彼らの脳裏にあるものはゴールラインを一番で駆け抜けることだけだ。事故は想定の内にある。仕方ないと割り切るしかない。

選手は皆、インターハイという晴れ舞台で最高のパフォーマンスを出す勝負師になっていた。

4㎞チーム・パーシュート決勝1

トラック競技3日目の朝1番でチーム・パーシュートが始まる。タイム順で3、4位決定戦と決勝が始まる。まだ午前8時というのに灼熱地獄。

「この暑さの中でいよいよ決勝だ。昨年のこともある。できれば落車だけは避けて欲しい」

「彼らならやってくれますよ」

「だといいのだが……」

3、4位決定戦が終わり、いよいよ決勝スタートの時間が迫る。トラック競技場の楕円のコース内で監督とコーチはストップウォッチを持ち固唾を呑んでその瞬間を待つ。緊張が高まり、選手たちを見つめている。

サイドに高校名が入った真紅のワンピースのバイクジャージの岐北工業高校の4人。トラック競技場の観客席反対側のバックラインに並ぶ。予選で2番時計だったチームのスタートラインだ。最初に先頭を引く橋本はスタート用計測器にバイクをセットして跨る。それは1000分の1秒を正確に計測できる電子計測器だ。選手のスタートと同時に計測が始まり、観客席に大きな電光掲示板でその経過タイムをリアルに表示する。1番時計の観客席側ホームスタートは対戦相手の海山工業高校。上半身赤・下半身黒のワンピース。自転車競技が強い高校で、今年は4人の猛者が揃っている。中でも川瀬《かわせ》は昨日個人パーシュートで優勝を決めているキャプテンでエースだ。

チーム・パーシュートは団体追い抜き競走とも呼ばれて楕円でエンドレスのトラック競技場で対戦相手と走ればいつかは速いチームが遅いチームを追い越す。ここからついた名称。

「今年の岐北工業高校は強い選手が揃っている」

キャプテンとして川瀬がメンバーに話しかける。理論派でチームをまとめる存在。

「後半の矢田、橋本から爆走が始まる。あせっての走行分解は気をつけよう」

川瀬はチームにスタート前の注意点を伝える。矢田は個人パーシュートでも好成績を収めているし、橋本は記録会で驚異的なタイムを出したルーキー。もちろん、各高校はネットでその記録をチェックしている。

児玉監督は決勝の作戦を変更。市橋が途中で抜け、矢田、中西、橋本の三人で後半走り切ることにする。中西のチーム・パーシュートでのテクニックは他のAチームメンバーに十分対応している。チーム・パーシュートAチームの新メンバーとして中西に期待する。それは予選の走りで藤田の代わりを十分にやってくれると確信したからだ。昨年は実力があったのに選手のあせりから接触落車でチーム・パーシュートインターハイ連覇が消えている。面子がそろい今年はチーム・パーシュート優勝を期待したが、エース不在のチームで戦うことになる。2番時計で決勝進出を決めたが1番時計を記録したチームとのタイム差がありすぎる。予想以上の海山工業高校の強さに「今年もだめかもしれない」児玉監督は少し弱気だった。

合言葉は「俺たちは風になる」

前日に宿舎で監督からチーム・パーシュート決勝の作戦を聞く。それは、作戦が機能しなくてはタイムアップすることができない。しかも、チームが走行分解する可能性もある。

「一走橋本、二走中西、三走矢田、四走市橋の順番だ。市橋、お前が先頭になったら力の限り引けるだけ引け。足がなくなったら離脱しろ」

児玉の作戦はこうだった。333mバンクでのチーム・パーシュートは、4km走行するので12周回する。まず三走矢田まで1周ずつ先頭を引き、4周目で先頭を引く市橋は、2周半は必ず引いて速度が維持できなくなったら離脱。そして橋本、中西、矢田が1周半引き、後は橋本が残りの2周半を引く作戦だ。矢田のトラウマは感じられなかったので、市橋を十分に機能させられる。

過去のチーム・パーシュートはすべての選手が半周で交代だった。チーム・パーシュートは選手交代するときに先頭が後ろに下がるので、チームの先頭1車分の位置が下がる。選手交代の回数を減らせばその分のロスが減らせる。しかし選手の負担は増す。それを承知で児玉監督は初めてインターハイで1周交代の戦法を実戦で使い勝率を上げた。今では1周引きが当たり前になっている。

「橋本、俺1周しかもたないかもしれねーぞ！」

市橋は冗談交じりに橋本に言う。

「いいですよ！　さっさと降りちゃって下さい」

橋本も応戦する。

児玉監督が部屋を去り、選手だけになったときに矢田が口を開く。

「選手が先頭交代して加速したとき、今まで先頭を引いていた奴の足が限界なら千切れてしまう。何か合図はないか？」

市橋が予選の経験から模索した意見を言う。

「千切れればタイムが下がる。スピード持続では対戦相手に勝てない。スピードを上げないとな」

決勝は1チーム対1チームの戦い。4秒差を覆すには攻めで行くしかない。いくらタイムを落としても2位。落車転倒で完走できなくても2位。優勝を狙うなら、悔いを残さずに死に物狂いで走るしかない。

「俺は途中で離脱する。お前ら3人で決めろ」

市橋は離脱して3人に任せるまでは失速しないように走らなければならないというプレッシャーがあった。正直、1㎞のタイムは速いがそれ以上は持久力がもたないことも事実だ。

「無言ならスピードを維持して、加速するなら合図ですね。合図して返答がないなら加速しないということですね」

中西は重要な後半を任されて、戦術を確認する。

「そうだ。決勝では後ろなんか見られない。言葉の合図で加速だ」

矢田は昨年に落車の屈辱があり、今年も厳しい戦いになるが気合いが入っていた。

「『俺たちは風になる』なんてどうですか?」

橋本が突然意見する。

「何だって?」

「先頭が加速するとき『俺たちは』と叫び、後ろが付いて行けそうなら『風になる』と叫ぶんですよ」

橋本の提案に「なるほど」と頷く矢田。

「かっこいいじゃん、『俺たちは風になる』なんて！」

中西も賛成だった。３人はこの合図で後半の勝負に賭ける。

「途中で抜けるが、俺も『風になる』ぞ」

市橋も今年のチーム・パーシュートメンバーならやってくれると確信する。

前日に４人のチーム・パーシュートメンバーは更に結束力が強くなり、気持ちが一つになる。明日の決勝に向けて心の準備が整った。

４㎞チーム・パーシュート決勝２

　橋本はバックスタートラインのスタート台に据え付けられた自転車に跨る。スタート台からの発進は、チーム・パーシュートで最初に先頭を任される選手の特等席だ。ここから発進する選手はフライングを避けていち早くスタートしなくてはならない。フライングすれば再スタートになり、肉体と精神の無駄なエネルギーを使ってしまう。それが時には勝敗を左右する場合もある。

　チーム・パーシュートの走行距離は４㎞。競技としては中距離になり、スタートから爆発的に加速する短距離のチームスプリントとは異なり、徐々に足並み揃えて加速し、後半に脚力を温存する走りだ。よってスタートは比較的フライングが少ない種目。しかし決勝になれば、緊張が増す。タイム差を覆して勝ちたい気持ちで４人はピリピリムードだ。

「俺たちは！」

と、いきなり市橋が吠える。

「……」

突然で反応できない３人。

「俺は早く集団から千切れるから、これが言えないと思う。だから、練習だ。言わせてくれ」

３人は頷く。

「俺たちは！」

市橋はスタート前に活を入れるように叫ぶ。

「風になる！」

矢田、橋本、中西の３人が同時に叫ぶ。そして数秒遅れてチーム・パーシュートに出場しない岐北工業高校の面々がチーム・パーシュートメンバーに声援を送る。

「風になる！」

「俺たちは風になる！」

取り決めた声援の「俺たちは風になる」は部員全員に伝わっていて、先輩、同輩、後輩それぞれが４人にこの声援を送る。

「ピー」

50秒前の長い電子音。選手の緊張が徐々に高くなる。その間、目をじっと瞑ったり、バンクの先に視線を向けたり、思い思いに選手はその時を待つ。

「ピッピッピッピッ」

5秒前の短い電子音でしっかりハンドルを握り、スタートに備える。橋本はチラッと対戦相手を確認して、最初のコーナーであるそそり立つバンクに視線を向ける。

「ピー」

スタート合図と同時に、4人は後ろに引いた身体の重心を思い切り前に出して踏み込む。そしてスタートのときは重いシングルギアのトラックレーサーを、ダンシングで徐々に加速させていく。

「セイセイセイセイ、そーれ、行け！」

岐北工業高校の独特なスタートの掛け声が選手4人の背中を押す。

橋本のスタートからの加速は速くない。かえってその方が、他の3人にとっては脚力を温存でき、チーム・パーシュートの4人1列の隊列が容易に組める。加速が遅いと足の負担も少なくてすむ。橋本の前半の遅さと後半に爆走できる足はチーム・パーシュートに合っている。

チーム・パーシュートにはサポートするチームメイトが半周のラップタイムを選手、監督、コーチに大声で伝える。このタイムを聞き、選手が自分のペースが速いか遅いか判断してスピードをコントロールする。チーム・パーシュートのコントロールは監督が主に行い、ペースを「上げろ、下げろ」とアドバイスを送る。

「シュバッ」

空気を切り裂く音で1周目を走った橋本がバンクを駆け上がり、隊列の後ろに回り込む。観客はこの瞬間、選手の華麗なテクニックに息を呑む。

「怖くないのか」

「後ろにピタッと回り込むな」

特に、初めてバンクで応援する観客はその技に感動していた。決勝を走る両校ともテクニックは抜群で、インカレでも上位に入賞できるタイムを出している。

「ゴー」

橋本から先頭交代した中西。エアロヘルメットから聞こえる風きり音のボリュームが上がる。「先頭はいつ走ってもつらいなぁ」空気抵抗が倍近くになり、スピードが維持できなくなりそうな状況。しかしここで先頭になった選手が踏ん張って速度を保持しなくてはならない。

「11秒5」

タイムは前半抑え気味で、速度は落とせない。昨年の大会新記録はこのペースで走っている。対戦相手の海山工業高校はもちろん大会新記録狙い。1車身リードして走っている。

「11秒7そのまま行け」

矢田が先頭交代して児玉監督は叫んだ。何年も子供たちを指導している。そして、この舞台に立つまで今年のチーム・パーシュートのチームをストップウォッチ片手にバンクでずっと見てきた。藤田と中西の交代があったが、予選の走りでこのチームの力も把握している。

中西から矢田へ、そして矢田が無難にペースを維持して市橋へ先頭交代。スプリンター市橋の1000mタイムトライアルは岐北工業高校では最速を誇る。しかし彼の足はそこまでしかもたない。交代したときは4人目の先頭だから、ちょうど1000m走行している。彼にとってはずっと引っ張ってもらっていたこともあり、1人で走る1000mよりはまだ脚力には余裕がある。児玉からは「行くだけ行って3人に任せろ」と言われていたが、「最低でも2周半引け」と付け加えられていた。意外に脚力も残っていて、トラックの反対側を見ると2車身分リードされている。

「俺たちは！」

市橋は叫ぶ。

「風になる！」

後ろ3人は合唱。

市橋は2周をイーブンペースで走る予定が、逸る気持ちを抑えられずに加速サインを後続の3人に送る。「市橋大丈夫か」矢田は昨年も彼と走っていた。加速すれば市橋の足はここから1周はもつと思われるが2周目はきついと思った。

「うう、やばい！」

先頭を交代した彼の身体にドカンと正面からの風圧が増す。加速宣言したが、いきなり太股から臀部にかけての筋肉に乳酸が溜まりだすが、渾身の力でペダルを回す。

「11秒5」

「いいぞ！　市橋」

1000m超えて加速する市橋に部員は声援を送る。「大丈夫か市橋」児玉監督は、市橋の脚のことを考えてのイーブンペースで走るアドバイスを彼が守らない。

2周半もたないと感じた。

「やばい！　回らない」

市橋は4周を回り5周目に入ると、脚が鉛のように重く回らない。

「失速する！　代われバカモン！」

児玉監督は1周半で降りるように市橋に大声で指示を出す。失速すると元の速度に戻すのに、チームはより脚力を使ってしまう。カント前後のコーナーで交代するチーム・パーシュートは、最低でも半周は走らなければならない。市橋の半周はずるずると失速。3車身リードされてしまう。

「悪い！　後は頼む！」

市橋はバンクを駆け上がり、連結から離脱。予定では2周半走った後、橋本、中西、矢田で1周半ずつ引き、ここで10周を消化する予定だった。とりあえず、ここから予定通り1周半ずつ3人で引く。チーム・パーシュートの強いチームはここから更に加速する。もちろん海山工業高校もここから速度を上げる。

「上げろ！」

監督のコールで加速する海山工業高校チーム。

「俺たちは！」

橋本は当然のごとく加速コール。

「風になる！」

後ろの2人はコールに答える。児玉監督からはまだ「上げろ」という指示がない。不利な3人連結なので失速を恐れた。しかし3人は失速を取り戻す思いで、闘志に火がついていた。

「10秒8」

「おい、いきなり飛ばしすぎだ！」

児玉監督はストップウォッチを見て叫ぶ。いきなり海山工業高校との差が2車身に縮まる。

「俺たちは！」

「風になる！」

先頭交代した中西は橋本に負けじと加速。中西も中学からロードで鍛えられた持久力の塊。失速はない。

「10秒7」

「あいつらは、やってくれるかもしれない」

いきなり上げた加速を維持どころか、又加速している。児玉監督はストップウォッチを握る手に力が入る。

「上げろ、あげろ！」

児玉監督じきじきにスピードアップの指示。もちろん矢田も叫ぶ。

「俺たちは！」

「風になる！」

昨年の落車のトラウマを振りほどこうと加速。もちろん中西、橋本共に加速ＯＫのコール。疲れは微塵もない。

「10秒６」

「まだ加速しているぞ！」

岐北工業高校の面々は驚く。しかし、海山工業高校も大会新記録を狙う面々。これだけ飛ばしてもまだ差は２車身。そしてまだ４人体制。残り３周になり、１人が離脱し岐北工業高校と同じ３人連結になる。

先頭交代は代わるたびに１車身マイナスになる。先頭交代を減らせばマイナスが減るが、先頭交代が少なくなれば、長い時間１人が空気抵抗に晒されることになる。まれに強い選手の存在などで持久力にばらつきがあれば、強い選手が１周以上引くことがある。

今回児玉監督は賭けに出た。それは最後2周を橋本に任せること。記録会の3㎞個人パーシュートで日本記録に近いタイムを出した逸材。スタートは遅いが、それからはほとんど失速がない怪物だ。「やってくれるだろう」児玉監督は橋本に賭けた。その作戦をスタート前にチーム・パーシュートメンバーに伝えていた。しかし市橋が1周半で離脱したのでこのままなら3周引きになってしまう。

「橋本！　2周で中西に代われ！」

「……」

児玉監督は橋本に叫ぶが聞こえていない。先頭交代して、体内のアドレナリンが爆発していた。

「俺たちは！」

「風になる！」

先頭交代してからの加速が速く、後ろに回り込んだ中西との距離が離れる。

「速ェエ」

矢田は、この時点での橋本の加速に驚く。しかし付かないと走行分解。必死に橋本の後ろに付く。

「その加速で3周はもたない！　上げるな！」

児玉監督は思わず叫ぶ。

海山工業高校の面々も橋本を警戒していた。残った3人も持久系の猛者。ネット社会の現在。橋本の記録会のタイムは全国に発信されている。ここからが勝負だと言うことはわかっていた。

「橋本に交代したぞ！」

3km個人パーシュートチャンピオンの川瀬は叫ぶ。ここからがチーム・パーシュートの正念場。選手達はぶっ倒れる寸前まで自分を追い込んでゆく。特に先頭は風圧との戦いだ。もがきまくる。

「任せろ！」

最後の3周は1周交代で死ぬ気でいく海山工業高校チーム・パーシュートメンバー。花形の種目に選ばれたプライドがある。しかもここで優勝を決めれば総合優勝も確定的だ。「藤田がいても勝てる。中距離メンバーが揃う俺たちは最強だ！」川瀬はここから大会新記録でゴールを駆け抜ける青写真ができ上がっていた。

「10秒5！」

残り2周。橋本の引きは強烈でタイムアップ。ペダルの回転は勢いを増す。後続の2人は喘ぎながら酸素を求めている。

「10秒4！」

「マジか！」

残り1周、チーム・パーシュートを走る選手の疲れはピークである。しかし加速が衰えない橋本のラップタイムに岐北工業高校面々は驚く。対戦相手も今までにない最強チームであるが、先頭交代で岐北工業高校に1車身差と迫られている。

海山工業高校は先頭交代でリフレッシュ。

「次は俺に任せろ」

最後の1周を大田《おおた》から受け継いだ川瀬は岐北工業高校を見る。

「おい！　橋本のままだ」

「無理だろう」

「失速するな」

海山工業高校の3人は勝利を確信。「最後3周引きなんてばかげている」と思っていた。

「10秒6」

ラップコールで失速していることがわかる。

「早く矢田に交代しろ！」

「交代だ！」

監督、コーチの叫びも橋本の耳には届かない。ここで海山工業高校も同タイムで走り、選手交代で1車身下がって岐北工業高校との差がほとんどなくなる。

4㎞チーム・パーシュート決勝3

橋本は2周引きで疲れがピークだった。「あと1周。もう無理だ。中西に代わろう」と最後まで引くという強気の気持ちが揺らぐ。バンクに差し掛かったときに藤田が目に入った。「残り1周。代わるなら今だ」と思っていたが気持ちが変わる。それは視界に入った藤田の姿。三角巾で腕を吊った痛々しい姿。キャプテンとしてチーム・パーシュート応援に病院を抜け出して駆けつけてくれた。藤田はチームから掛け声の話を聞き、そして岐北工業高校チーム・パーシュートのチームに向かって叫んだ。

「俺たちは！」

ありったけの力の声、チーム・パーシュートメンバーはその声を捕らえる。

「風になる！」

そして3人は瞬時に反応して叫ぶ。そのとき、橋本のアドレナリンが脳内に溢れ出す。「橋本、お前の気持ちはわかる。しかしチーム・パーシュートは岐北工業高校の伝統であり、優勝は自転車部の夢なんだ」児玉監督のロード途中棄権を無視して勝負しようとする橋本、父の意見もあったが最後に喝を入れたのは藤田だった。「藤田先輩、俺、チーム・パーシュートで優勝してみせます！」藤田の姿を見たときチームの大切さを実感し、死ぬ気で走る気持ちが固まる。交代したら1車身下がり敗北が決まる。交代をやめて最後の1周を全力で走りだす。橋本は岐北工業高校自転車部の一員として最高のパフォーマンスを見せるべき走りに徹する。

最上級生になり、このインターハイが最後となる海山工業高校の大田。それは初めてでもあるインターハイだった。怪我に泣きやっと出場を決めた沖縄インターハイ。今回はチーム・パーシュートのみの出場。エース川瀬と脚質が同じで出場種目が重なったこともあり、個人種目の出場は叶わなかった。その分、インターハイチーム・パーシュート出場に3年間の青春のすべてが凝縮されていた。最後の1周を最高の形でエースに交代しようと飛ばし、先頭交代でカントを駆け上がる。

「うわさはマジか！　怪物2年生！」

大田はバンクの高い位置から、リードされてなお先頭交代なしで最終周回を走ろうとする橋本を確認する。連結の最後尾に回り、最後をエース川瀬に託す。川瀬は前日の３㎞個人パーシュートではチャンピオンになっている。「お前の記録は本物か、俺と勝負だ！」川瀬はネットで見た橋本が出した３㎞個人パーシュートの記録３分29秒台は信じていなかった。３年の最上級生になるまで、いや、その前の中学生時代の３年間を含めた６年間、誰よりも自転車競技を愛し、誰よりも練習を重ねた自負がある。昨年まで名前すら知らなかった橋本を認める訳にはいかなかった。

しかし、橋本は残りの３周目から１人で先頭を引き、最後の１周まで海山工業高校のチーム・パーシュートに選ばれた２人より好タイムでここまで走りきっている。

「お前はチーム・パーシュートがわかっていない。ここから失速するに決まっている」川瀬は勝利を確信する。そして岐北工業高校の面々はあわてた。

「おい！　無茶だ」

「橋本！　代われ」

児玉監督とコーチは叫ぶが、その声は橋本には届かない。しかし、そこからの半周のラップを見たとき衝撃が。

「10秒３」

「信じられん！　最後の周回が最速ラップだ！」

２人は橋本の潜在能力の高さに驚く。残り半周になり、海山工業高校とほぼ並ぶ。

橋本は射程圏内に海山工業高校を捉える。しかしチーム・パーシュートは3人目のゴールがチームの記録。まだ勝負の行方はわからない。

海山工業高校の面々は驚く。橋本が最終走者で3周回を先頭で引いても失速しないからだ。最後の1周でエース川瀬に交代した海山工業高校は、このままのペースで走りきれば大会新記録。川瀬は淡々とそれに向かってタイムを刻んでいた。海山工業高校チーム・パーシュートは勝利を確信していた。しかし、それを上回るペースで怪物橋本が引く連結車両は最後の半周を残して海山工業高校に迫ってきているのだ。

チラッと競技場の反対側を走る岐北工業高校チーム・パーシュート3人チームを見た川瀬。

「これだけ飛ばしても追いつかれているのか！」

川瀬は差を縮められ焦る。ギア制限のある高校生が使うシングルギアのトラックレーサーのクランクを回す脚の回転は、もうオーバーレブだ。自分のラップを聞いても今までにないタイムを刻んでいるのに差を縮められている。

「おい！　あいつら10秒3だぞ、スピード上げろ！」

海山工業高校の面々は川瀬に加速を求める。不可能な話だ。

「うちのチームはここまで過去最高タイムを刻んでいるのに！」

海山工業高校の監督とコーチは焦っていた。ここで負ければ総合優勝に向けての余裕がなくなる。

そのとき、橋本は不思議な気持ちになっていた。自転車と一体になった初めての感覚。頭の中は真っ白で苦しさが感じられない。それは肉体の限界を超えて危険な領域に足を踏み入れていたことを意味していた。

「何だ、このスピードは！　橋本は疲れを知らないのか」中西はペダルを回す足に限界が迫る。チラッと後ろを見ると、矢田も顔をゆがませて必死にへばりついていた。少しでも連結車両から離れると、空気の壁が容赦なく襲ってくる。可能な限り前を走る自転車との距離を縮める必要がある。「後ろの空気抵抗が半分なんてウソだ」心臓がパンクするほど脈を上げて橋本にへばり付く中西。チーム・パーシュートは3人目のゴールがタイムの計測。最後に先頭に並ぶように3人がゴールするのがベスト。しかし全く橋本に並べずにゴールラインを通過。海山工業高校も状況は同じだった。

そして、それぞれのチーム・パーシュートの3人がゴールラインに飛び込む。3人目のゴールは、ほぼ同時だった。勝負の行方はわからない。両選手共に疲労困憊状態で勝敗がわからないから、ゴール後はガッツポーズもなくバンクを減速しながら周回する。観客は両選手の戦いに拍手を送っていた。両高校の関係者は結果を知るために、計測タイムのアナウンスを待つ。

走り終えた橋本は心身ともに疲労困憊だった。今までのレースではゴールした後でも笑顔だった。今回はまだ息が乱れている状態だった。「ダウンします」と、いつもはレース後すぐにクールダウンでトラック内を軽く周回する。しかし今回は3人共に自転車から降りてゼエゼエと酸欠状態でしゃがみ込む。全く会話できる状況でなかった。

川瀬はひたすら勝敗のことが気になっていた。高校最上級生になる集大成の自転車レース。自転車競技強豪大学への進学も決まり、今ここでいいスタートを決めたい思いがある。

チーム・パーシュートは高校生自転車競技では花形種目。決勝の競技中は一番大きな歓声の渦がトラック競技場に木霊していた。それが静粛に包まれた。激しく戦った2校のカルテット。その勝敗の行方を耳に刻みたいと言う思いがその聖域を創る。

「ナント1000分の1秒差で岐北工業高校の優勝です！」

聞こえてきたアナウンスは岐北工業高校の勝利だった。

「うぉぉぉ！」

「やった！」

その瞬間に監督、コーチ、父母の面々は歓喜に沸き、涙腺が緩む。両高校ともに大会新記録だった。岐北工業高校伝統のチーム・パーシュート優勝を再び手に入れる児玉監督。

「よくやってくれた。ありがとう」

走り終えた３人は鬼監督の涙に驚く。

２人がまだ動けない中、橋本は立ち上がる。

「ダウンします」

とトラックの内側をダウン用に用意されたロードレーサーの軽いギアを回して周回する。

「怪物ですね、あいつ」

コーチは橋本の後ろ姿を目で追う。児玉監督はふと「もしかしたら、あいつならやれるかもしれない」考える。総合優勝を目前にしている海山工業高校。現在の総合得点は２位の五重高校とは４点差。３位につけているのは我がチーム岐北工業高校。トップの海山高校とは8点差。個人競技で優勝は9点、2位は7点、3位6点。

「海山工業高校はもう残った競技で点を取れそうな選手はいない」

「ひょっとして、これから決勝が始まる4㎞速度競走は優勝候補の安士《やすし》が3位以内なら、五重高校逆転で総合優勝ですね」

児玉監督の言葉で五重高校優勝を予測するコーチ。しかし児玉監督は別のことを考えていた。

「安士が入賞せずに、4㎞速度競走でウチが優勝すれば、総合優勝の可能性はゼロではない」

「はぁ、誰かいます？　勝てる選手」

児玉監督の視線の先にダウンしている橋本がいた。確かに橋本は伸び盛りの逸材で4㎞速度競走の決勝に残っている。しかし、死闘を制したチーム・パーシュートが終わった3時間後に決勝は開始される。しかもタイムだけではなく駆け引きが伴う競技だ。

「橋本はもうボロボロですよ、3時間では足が回復しませんよ」

「いや、彼はすごいものを持っている」

「何ですか？　それは」

「驚異的な回復力さ」

児玉監督の視線の先にいる橋本に、コーチも視線を向けて腕を組み考える。座り込む2人とは対照的に息の乱れも収まり自転車で走る橋本に期待する。そこにはにたにた不気味な笑顔でクールダウンする怪物がいた。

家族に感謝、息子に感謝

橋本は高校生になるまで、父に色々なスポーツをやらされていた。月、水、金曜日は空手で、火、木、土曜日は水泳。

「塾行かせなくてもいいの」

中学生時代の橋本の家族は、母が父の教育方法に疑問を持っていて口論になることもしばしば。母は一般の家庭のように、学習塾へ行かせる育て方しか頭になく、不安だった。

「おまえなぁ、進学校に行けばいい大学に入れるわけもなく、いい大学に行けばいい就職先に恵まれる訳でもない。しかしスポーツで鍛えた身体と精神力は武器になる」

父の言葉も理解できる。

「そういえば、就職してもすぐやめちゃう子もいるよね」

母の言うとおり、せっかく就職しても本人の思いとミスマッチの仕事では長く続かない。

「そう、何がやりたいか見つかってないから、辞めるのかもしれない。昔の俺もそうだった。転職ばかりしていた」

父は自分の過去を振り返る。「これで食って生きたい」というものがなかったし、学生時代の部活、勉学なども一生懸命やったことがなかった。そんな中、息子には「やりたいこと」という一生かけてもなかなか見つけることができないものが見つかる。それは「自転車」。エコロジーが見直され、フィットネスにつながる自転車に纏わる仕事は多い。息子はもう「やりたいこと」を探す必要がなく、脇目も振らず突っ走れる環境を自分で見つけることができた。そしてまずは自転車競技部のある高校を選んで競技に熱中。好きな自転車もいじくり放題。そして頭角を現した。親にとっても息子の応援が生き甲斐となっていた。

母は朝5時前に起床して6時半には通学する息子の弁当の用意。帰宅は21時以降で山のような洗濯物と明日の用意が３６３日。年間2日ほどしか休みのない部活（注・現在では問題になる）。正直親も大変だが本人はもっと大変だ。その生活を毎日休みなく消化していく息子。その苦労が報われたインターハイチーム・パーシュートの応援は両親にとって最高の感動だった。「好きなことが見つかるということはこういうことか」と家族も息子から学んだ。

4㎞速度競走決勝1

チーム・パーシュートの後、中西はポイントレース決勝に残っていたが惨敗。チーム・パーシュートの疲れが残り、本来の力が出せなかった。

「監督、中西はチーム・パーシュートの疲労が取れていませんでしたね」

「インターハイ出場までのチーム・パーシュート練習で出してきたタイムから見れば、決勝は相当無理して出したタイムだからな」

　本来中西は、ポイントレースで表彰台に絡んでもおかしくない実力を持っていることは児玉監督も稲垣コーチもわかっていた。2人は「岐北工業高校と言えばチーム・パーシュート優勝」という名誉を守るために中西が頑張ってくれたこともよくわかっていた。昨年のチーム・パーシュートは落車という不運に泣き、今年は不可能と思われたチーム・パーシュートでの優勝。しかし、児玉監督は「もう十分だ」と言う気持ちにはなれなかった。教員引退でもう子供たちを自転車競技者として育てることができない。10年前に総合優勝の感動を初めて味わい、それから流れた年月。教員で最後のインターハイの監督として有終の美を飾りたい気持ちはある。しかし、それを子供たちに託すのは忍びない。だが橋本の存在が、その夢をかなえてくれそうな気がした。子供たちから「俺たちは風になる」と言う掛け声の話を聞いたとき今年の部員は何かが違うと思った。

会場が静まり4㎞速度競走決勝が始まろうとしている。

「選手、スタート位置に集まってください」

役員のアナウンスでホームラインに横1列に選手が並ぶ。インターハイに出場するすべての選手は各地の予選を勝ち抜いてきた高校生アスリート。その中で決勝に残った12名がスタートラインに並ぶ。その中に安士という優勝候補がいた。中学からの自転車競技の成績は群を抜く実績がある。安士が3位以内なら橋本が優勝得点の9点を獲得したとしても出身高校の五重高校は、ここまでの学校別得点状況で総合優勝がもたらされる。海山工業高校も得点を積み重ねたが、もう点を稼げる選手がいない。

「今年は五重高校か海山工業高校だな」

児玉監督は状況を考えると、やはり岐北工業高校が総合優勝を決めるのは無理と判断。これは望みすぎだと傲慢な自分を戒める。

普通なら相当なプレッシャーを感じる決勝。橋本は違っていた。「まだレースが楽しめる」と笑顔でスタートラインに着く。

「そうなんだ。子供たちは自転車競技を楽しんでいるだけなんだ！」

橋本の競技を楽しんでいる姿勢。児玉監督は大人の傲慢さを捨てて応援に回る。

「ねえねえ、さっきの掛け声教えて」

応援に来た選手の保護者も岐北工業高校にとって最後の競技である4㎞速度競走を「俺たちは風になる」という合言葉で橋本を応援したかった。子供たちから聞いた合言葉でスタートラインに並んだ橋本を応援する。

「俺たちは！」

「風になる！」

保護者の声援に笑顔で答える橋本。

「だめだよ、加速するときに使う合言葉なんだから」

矢田は父母に声援のタイミングを話す。そして児玉監督もその声援を保護者にお願いした。

「橋本には最後に勝負をかけろと言ってあります。そのときに『俺たちは風になる』で応援お願いします」

児玉監督は橋本に戦術を伝授していた。それは、彼にしかできない戦法だった。もちろん、それは橋本が「勝つ」ためだ。

料金受取人払郵便

新宿局承認

1408

差出有効期間
2021年6月
30日まで

（切手不要）

郵便はがき

1 6 0-8 7 9 1

1 4 1

東京都新宿区新宿1－10－1

(株)文芸社

愛読者カード係 行

お名前《ふりがな》		明治 大正 昭和 平成 年生 歳	
ご住所《ふりがな》	□□□-□□□□	性別 男・女	
お電話番号	（書籍ご注文の際に必要です）	ご職業	
E-mail			
ご購読雑誌（複数可）		ご購読新聞 新聞	
最近読んでおもしろかった本や今後、とりあげてほしいテーマをお教えください。			
ご自分の研究成果や経験、お考え等を出版してみたいというお気持ちはありますか。 ある　ない　内容・テーマ（　）			
現在完成した作品をお持ちですか。 ある　ない　ジャンル・原稿量（　）			

書　名				
お買上 書　店	都道 府県	市区 郡	書店名	書店
			ご購入日	年　　月　　日

本書をどこでお知りになりましたか?

1.書店店頭　2.知人にすすめられて　3.インターネット(サイト名　　　　　　)

4.DMハガキ　5.広告、記事を見て(新聞、雑誌名　　　　　　)

上の質問に関連して、ご購入の決め手となったのは?

1.タイトル　2.著者　3.内容　4.カバーデザイン　5.帯

その他ご自由にお書きください。

(　　　　　　　　　　　　　　　　　　　　　　)

本書についてのご意見、ご感想をお聞かせください。

①内容について

②カバー、タイトル、帯について

弊社Webサイトからもご意見、ご感想をお寄せいただけます。

ご協力ありがとうございました。

※お寄せいただいたご意見、ご感想は新聞広告等で匿名にて使わせていただくことがあります。

※お客様の個人情報は、小社からの連絡のみに使用します。社外に提供することは一切ありません。

4㎞速度競走決勝2

4㎞速度競走、それはわかりにくいルールでの競技ではある。しかし、4㎞の間にレース展開を読む頭脳とスプリント力と持久力を兼ね備えた選手しか勝利を掴むことが出来ない。

4㎞速度競走ルール（12名発走の場合）

①333mバンクではホームのラインとバックラインを選手が先頭で1回ずつ通過する義務がある。この義務を4㎞走行している間にやらなければならない。この行為をやれば「先頭責任完了」になる。

②先頭責任を完了した選手同士が4㎞での順位を競い合うことになる。先頭責任の数がホーム2回、バック3回と多くとっても先頭責任者の優位はない。

③先頭責任を完了していない選手が1位でゴールしたとしても先頭責任を完了した

選手の方が、順位が上になる。
④ホームだけ、バックだけしか取っていない選手より先頭責任を取った選手のゴール順位が下でも、順位は上になる。
⑤先頭責任を完了していてもラップ（先行者に1周追いつかれる）されると除外される。
⑥もし、全員が先頭責任完了していない場合はホームだけバックだけとか何か取っている選手の方が取っていない選手より順位が上。

12名がホームのスタートラインに並ぶ。選手は４㎞速度競走用のナンバーに合わせた色分けされたヘルメットカバーを着けていて、バック、ホーム、先頭責任完了のとき、アナウンサーがそのナンバーをコールする。

「バーン」

ピストルの痼癪球破裂音でスタートする選手。決勝と言うステージでは逸る気持ちを抑えられない選手も多く、タイムトライアルのような加速で飛び出す。スタートが遅い橋本は最後尾で遅れ気味での加速。

「バック４番、バック４番」

4番キャップのスプリント力のある選手が勢いよく飛び出し、まず先頭でバックを取る。そしてスピードを落とさずホームラインも先頭で通過。

「ホーム4番、ホーム4番。4番先頭責任完了」

早くも4番選手が先頭責任完了して集団にもどって脚を休ませ、ゴールを狙う。

「バック2番。バック2番」

選手は果敢に先頭責任を取るために集団の先頭を狙う。

「やっぱ無理だよな。もう十分だよ」

父は高校時代水泳で地区大会決勝に残ったレベル。息子がインターハイ出場だけで十分だと思っていた。ところが息子はチーム・パーシュートで優勝という信じがたい快挙をやってのけたのだ。親としては、もうそれで十分だった。チーム・パーシュート決勝の疲労が残った状態での個人競技決勝戦。親として落車（転倒すること）だけは避けて欲しいと願った。しかし児玉は監督として「勝つこと」を念頭に橋本に戦法を伝える。

「お前は速度が落ちない。最後の1周半で勝負しろ！　ホームとバックを連続で取って優勝だ」

「はい」

橋本も自分の脚質が大分わかってきた。児玉監督の作戦も頷けた。スタート前の児玉監督からのアドバイスで「勝つ」可能性を見出してワクワクして決勝の舞台を走る。

何一つとして同じ流れのレース展開はない。４㎞速度競走は選手個々が考えてトラックを走り回る。戦術は無限にある。

「1番安士、アタックかけました」

優勝候補選手の動きにアナウンサーの声が響き渡る。先頭責任をまだ4番しか取っていない3周目にいきなり安士は先頭に立つ。そしてそのまま半周リードを保つ。半周を追うには脚を使う。選手は誰かが飛び出したら後ろについて前の選手を風除けにして脚をあまり使わずに追いつこうと考えていた。皆同じことを考えて互いに牽制していて安士を追わない。もちろん安士もそれを計算していた。４㎞速度競走は他の選手が考える作戦の「読み」も必要で、ただ速いだけでは勝つことができない競技だ。

「1番選手先頭責任完了」

ゼッケン1番の安士は先頭責任を完了して、更にホームとバックを1人で取り捲る。後方の選手はホーム、バックが取れずに残りの周回数が減って「このままでは先頭責任が完了できない」とあせっていた。集団のスピードが上がるが安士との差がつまらない。

「４番選手降りて下さい」

最初に先頭責任を取ったスプリント系の４番選手が集団から遅れて安士にラップされ、バンクから排除される。情け無用のレースだ。

１本バックかホームを先頭通過した選手が数名。橋本はまだ１本もない。４㎞は３３３ｍバンクだと12周で、ゴールラインは含まれないのでホームとバック合わせて先頭通過できるラインは23本。残り周回はあと３周。ここから仕掛けていかないと先頭責任は完了できない。

安士の後方集団は１人のアタックを合図にスピードが上がり安士を捕らえる。選手たちは３㎞個人パーシュートの驚異的タイムを出した橋本を警戒していた。橋本が飛び出せば背後について加速して先頭責任完了と１着ゴールを考えていた。牽制に入っている集団は皆脚が残っている。その中で飛びぬけた力がない限り、優勝は先頭責任完了の安士だ。

集団は安士を捕らえたがもう残りの周回は２周を切る。橋本の場合バック、ホームをここからすべての先頭を取って安士より前で走りきらないと、優勝はない。

「やはり安士にやられたみたいだ」

海山工業高校の監督は肩を落とす。その時、1箇所に集まった岐北工業高校の応援団が児玉監督の合図で叫ぶ。

「俺たちは！」

大勢で合わせた声は大音響になり、橋本の耳に入る。

「風になる！」

その言葉を発した橋本。抑えていたアドレナリンが爆発して立ち漕ぎでペダルを踏み始める。その爆発的な中間加速。橋本がもっとも得意とする加速だ。そのまま先頭に立つ。

「きた！」

集団もそれに合わせて一斉にダンシング（踊っているように立ち漕ぎで車体を左右に振る）。

「何だ、この加速は！」

「チーム・パーシュートでの疲れはないのか！」

「マジ、速すぎる」

橋本の加速は群を抜いていた。置いていかれる選手がその加速に驚く。集団から抜け出して先頭に立ちホームを取る。

「ホーム7番。ホーム7番」

審判のアナウンスで7番橋本がコールされる。大歓声の中で橋本は更に加速して激走。ここから残り1周。そしてバックを取る。

「バック7番、バック7番、7番先頭責任完了！」

先頭責任を完了して岐北工業高校応援団のボルテージは最高潮。

「うおおー橋本先輩！」

「いけー橋本！」

歓声に力が入る。そのままゴールに駆け込めば優勝だ。

「いけるかもしれない！」

児玉監督は興奮した。総合優勝はないが、個人種目での優勝が期待できる。ここで抜かれても安士以外なら優勝確定。安士は逃げで足を使ってもう追いついてこないと思われた。

「足が動く！　俺は行く！」

橋本のアドレナリンは沸騰状態でチーム・パーシュートの疲れを感じなかった。ぐんぐんスピードを上げてゴールラインに向かって加速していた。

「橋本ー、いけー」

応援団も渾身の力で叫ぶ。しかし、1人の選手がピタリと橋本の背後についていた。安士だ。虎視眈々と最後のゴールスプリントの脚は残していた。インターハイという晴れ舞台。選手はこの晴れ舞台で最高のパフォーマンス「優勝」だけを考えている。ドラマはまだ続く。

「安士！　いけー」

五重高校の応援もすさまじい。この2人しか先頭責任を取っていない。あと半周で2人だけが優勝を狙えるガチンコ勝負だ。安士が前に出る。

「俺は勝つ！」

安士も溢れ出るアドレナリンに身を任せていた。2人は最後の力を振り絞りもがく。先頭安士でそれを追う橋本。

「シュバッ」

風を切りながらバンクを駆け上がり、安士に並ぶ橋本。抜かされまいと渾身の力でペダルを回しまくる安士。

「安士！　勝負だ！」

「行くぞー、橋本！」

２人は自転車と一体になってゴールに向かう。シングルギアのクランクは回りきりスピードは70㎞に迫る。固定ギアのため、回転を落とせば即減速になるし、ロードレーサーのようにシフトアップしてペダルの回転を下げたりできない。並列で走り、２人に空気の壁がもろに襲い掛かる。それを切り裂き突き進む。そのとき、周回遅れの選手が迫るのを２人は見逃していた。

「前方に選手！　あぶない！」

しかし、役員の叫びも２人の選手の耳に届かなかった。

「ガッシャーン！」

トラック競技場に激しい音が響き渡る。安士は周回遅れ選手に接触して落車。巻き込まれて橋本も落車。２人は３次元的に飛んで路面に叩きつけられる。バンクの勾配のある所で落車したため、２人は折り重なってバンクを滑り落ちる。そしてゴール10ｍ手前で横たわってストップ。追突された選手はかろうじて落車を免れる。

「うわー」

「なんでー」

「大丈夫か」

観客から悲痛な叫びが。

「やっちまったか」

監督、コーチは両手で顔を覆う。観客が見守る中で橋本は起き上がろうとする。

「いててて！」

だらりと下がった右肩。バイクを見ると前輪とフォークが曲がり走行不能になっていた。

「安士！　大丈夫か？」

「橋本は？　俺は……」

互いに相手を気遣う安士と橋本。安士も立とうとすると足に激痛が走る。幸い2人とも頭部のダメージはなかった。

「うああ、いてー」

安士の右足は足首があらぬ方向へ曲がっていた。

「橋本、俺はゴールできない。お前は？」

だらりと下がった橋本の右肩を見て鎖骨骨折ということがわかる。

「体中痛いな。痛くて右腕が上がらない」

橋本は安士に体の状況を話す。他の選手が2人を避けて次々とゴールラインを駆け抜ける。ゴールラインを見ると10m先だった。

「くそー。先頭責任は俺たち２人だけ。動くことができてゴールすれば２人でワン・ツーだ。チクショー」

安士は悔しがる。

競技役員が２人の落車場所にタンカを持って走ってくる。安士は橋本の状況を見たとき、先輩が鎖骨骨折のときに緊急に対処した方法を思い出す。バイクジャージのファスナーを下ろしてそこに上腕をいれて三角巾で腕を吊るように対処する方法だ。

「橋本、こっちに来られるか？」

安士は橋本を呼び寄せて、手伝って先輩が対処した方法で橋本の右腕を吊る。

「橋本、お前は動ける。左手で自転車を持ってゴールして来い」

「いいのか？　優勝もらうぞ」

「俺は見てのとおり動けない。だけど決勝を走っていない海山工業高校に総合優勝をやるつもりはない。痛みを分け合う橋本に勝ってほしい。お前が優勝して岐北が総合優勝するのが筋じゃあないのか？」

「安士ぃ、お前……」

大会でよく顔を合わせて友人になった安士。彼の言葉に感謝して涙が溢れる。

「すまない。ありがとう」

橋本は左手で自転車を担ごうとする。

「君、何をしているんだ！　タンカを待って座っていなさい」

審判が駆け寄り、どう見ても動くのが危険な状況に見えて、歩き出す橋本を静止しようとする。ここで審判に従いタンカに乗れば失格になる。

「俺に触るな！」

大男ゾンビ状態の橋本。審判は後ずさりする。

橋本は動かないトラックレーサーを左肩に担ぎ上げる。

「うおー」

激痛で叫ぶ。鎖骨骨折と全身の打撲と擦過傷。失神してもおかしくない状況だ。その身体でゴールラインを目指して歩き出す。

「もういい。やめろ！」

「英也、もう十分よ」

バンク内は関係者しか入れないため、落車現場近くの観客席に駆け寄った、両親は最愛の息子の状況を見て愕然とする。

「だから私は自転車競技なんて危険なスポーツは反対だったのよ！」

興奮して泣き叫ぶ母を父は抱き寄せる。

「見ろ、英也は自分の意志だ。事故は仕方がない。息子が選んだ道を見届けよう」

両親は息子の気持ちを尊重してゴールラインに向かって歩き出す息子を見守る。

児玉監督は自分に問いかける。確かに橋本がゴールラインを跨げば岐北工業高校を総合優勝に導いたという名声が得られる。「それは俺が自転車競技をやる子供たちに求めていたことなのか？」「まだ十代の子供にこんなことをさせていいのか？」「こんな傲慢な自分が許せるのか？」児玉監督はそういう思いを巡らせながら橋本に駆け寄る。その姿を見て驚く。普通なら激痛で歩けない状態だ。我に返り橋本に声をかける。

「橋本、もう十分だ。よくやった。タンカに乗れ」

呼び止めるが、橋本の鋭く睨み返す眼光に驚く。

橋本は、ただ楽しかっただけの自転車競技から激しい洗礼を浴びて初めてわかった。怪我をしてもキャプテンとして駆けつけてくれた藤田。鎖骨骨折で痛みが伴う筈なのに腕を吊ってフェンス越しに大声で応援してくれた。頑張ったがチーム・パーシュートメンバーに選ばれずに涙を流した仲間。そして3年間の在学中にインターハイ出場すらできなかった先輩。皆フェンス越しに応援してくれている。鬼監督と言われた児玉監督の見せた涙。そして戦友安士の言葉。こんな怪我で競技を途中棄権する訳にはいかない。

「俺は行きます！　大丈夫です！」

児玉監督に頭を下げて脚を引きずるようにゆっくり歩き出す。そこには自分の意志でゴールを目指す揺るがない信念を持った男がいた。この状況で歩む10ｍは人生の大きな糧になることだろう。

橋本は耐え難い激痛に耐える。声を出すと少し痛みが和らいだ。いきなり大声で叫ぶ。

「颪になる！」

周りに反応がなかった。しかし数秒後、1人が反応する。中西だ。橋本の痛みを分かち合いたかった。

「俺たちは！」

中西の叫びに即反応する橋本。

「颪になる！」

叫ぶと不思議に痛みが和らぐ橋本。一歩、又一歩と歩き出す。いつも軽く担げる炭素素材で作られたカーボンフレームのトラックレーサーの重みがひしひしと肩に伝わってくる。

「俺たちは！」

橋本を応援する「頑張れ」の声が「俺たちは」の合言葉に変わる。中西の次に岐北工業高校の仲間、そして応援の家族、合言葉の声援が増えてだんだん声量が大きくなる。

「風になる」

橋本は負けじと大声で反応。繰り返すたびに合言葉は大音響になっていく。

「英也さん、ゴール近いです」

「橋本！　もう少しだ！」

「先輩！　頑張ってください！」

ゴールが１ｍと迫る。バンクの観客を巻き込んだ声援が声を嗄らしながら、橋本の力になれるように声援を送る。

「もう少しだ、俺の身体！　頑張れ！」

ゴールラインを見つめて、声援の力を痛みに負けそうな自分の肉体に活を入れる。

橋本はゆっくりと着実にゴールに向かい、一歩ずつ歩く。不思議とここまできた道程の記憶がよみがえる。色々なスポーツを父にやらされて、その中で夢中になれる自転車競技に出会いここまでやれたこと。そして初めて自分で「一番になりたい」と言う気持ちが湧き出し、その努力が実ったこと。自転車競技で同じ思いで競技をする仲間との出会い。その仲間と自転車競技でインターハイ頂点を目指したこと。インターハイでのチーム・パーシュートで、「俺たちは風になる」という掛け声のような合言葉を作り、その力をもらい頂点へ立った。そして、4㎞速度競走は個人競技ではあるが、その勝利は岐北工業高校の総合優勝に繋がる。みんなのためにも勝利を諦める訳にはいかない。

「俺たちは風になる」この言葉からみんなの力をもらい、一歩一歩ゴールへ向けて歩く。声援、痛み、心拍音、破損した自転車の部品同士が擦れる音、それらを肉体が五感で感じながら一歩一歩踏みしめて歩く。みんなの声援の中で歩き続けてゴールラインの前まで辿り着く。

地面ばかり見つめていた視線をその先に向ける。

「おまえら……」

ゴールラインの向こう側には同じ4㎞速度競走を走った選手や役員が立って待っていてくれた。

「ゴールはここだ！」

「しっかり歩け！」
「早く来い、チャンピオン！」
勝敗に関係なく、他校の選手も応援してくれていた。同じ自転車競技仲間として
その行動を讃えていた。誰がチャンピオンなのか、何も言わなくても皆わかってい
た。
橋本は最後の力を振り絞り、左手で苦楽を友にした相棒であるトラックレーサー
を高らかと上げる。そこには「こいつと二人三脚で摑んだ勝利」と走行不能になっ
た自転車を称える気持ちがあった。トラック会場のすべての人がその行為を合図に
叫ぶ。
「俺たちは」
橋本は力を振り絞り、大声で叫ぶ。
「風になる」
そしてゴールラインを跨ぐ。
「橋本、お前は俺にとってつもないプレゼントをしてくれた」
児玉監督はボロボロになってゴールした橋本を流れる涙を拭うことなく見つめた。
トラック会場はいつまでも拍手が鳴り響く。

橋本はタンカに乗せられて運ばれる。タンカの上で空を見上げると、沖縄の空は快晴で遠方に入道雲が。雷雨の前触れで風が強くなり、岐北工業高校の応援団旗がバタバタ揺らいでいた。

「俺たちは風になったんだ」

橋本は微笑む。

あとがき

　この作品は、主人公である実の息子の橋本英也《はしもとえいや》が出場すると思われる（いまだ確定ではない）２０２０年東京オリンピック自転車中距離トラック競技の面白さを伝えるために作りました。

　息子の出場種目はオムニアム。４種目の競技を走り、トータルにポイントを取った選手が勝つ、走力、頭脳、戦術を駆使した自転車競技。オムニアムはインターハイ競技ではありませんが、４㎞走行するだけでオムニアムに匹敵する走力、頭脳、戦術を使う自転車競技である４㎞速度競走を舞台にしました。

　そして登場人物ではないのですが、娘の橋本優弥は女子チーム・パーシュート強化選手でこの種目で日本記録を出したメンバーの１人です。もう一つの舞台、チーム・パーシュートは男女共に開催国の枠がない東京オリンピック出場をかけて戦っています。今、娘はその重圧に負けそうです。親として小説を書くことでエールを送りたい。「結果はついてくる。プレッシャーと戦えば次の道が見えてくる」と。

　写真は橋本英也が２０１０年山口国体の４㎞速度競走優勝のシーン。岐阜新聞社より提供してもらいました。文章では友人や競技役員の数人に協力していただきました。ありがとうございます！

著者プロフィール

走 一二三（そう ひふみ）

好きなこと、スポーツ。
自称アスリート作家。

俺たちは風になる！

2019年７月15日　初版第１刷発行
2020年１月30日　初版第２刷発行

著　者　走 一二三
発行者　瓜谷 綱延
発行所　株式会社文芸社
〒160-0022　東京都新宿区新宿１－10－１
電話　03-5369-3060（代表）
03-5369-2299（販売）

印　刷　株式会社文芸社
製本所　株式会社本村

ISBN978-4-286-20589-2